Liebe Lisa

 Dank dass du meine Lilli versorgt hast.

Deine Lisa

Nach den seit 1.8. 2006 verbindlichen Rechtschreibregeln.

Bibliografische Information der Deutschen Nationalbibliothek
Die Deutsche Nationalbibliothek verzeichnet diese Publikation
in der Deutschen Nationalbibliografie;
detaillierte bibliografische Daten sind im Internet
über http://dnb.ddb.de abrufbar.

Redaktionelle Leitung: Eva Günkinger
Lektorat: Sophia Marzolff
Fachberatung: Ulrike Holzwarth-Raether
Herstellung: Claudia Rönsch
Layout: Michelle Vollmer, Mainz
Satz: Cornelia Rößler, Mainz
Illustration Lesedetektive: Barbara Scholz
Umschlaggestaltung: Mischa Acker
Printed in Malaysia
ISBN 978-3-411-70816-1

Lesedetektive

Ein Tag auf dem Pferdehof

Martin Klein

mit Bildern von Catharina Westphal

Dudenverlag

Mannheim · Leipzig · Wien · Zürich

Artur schaut hinüber zu Sarah.
Das macht er oft. Heimlich natürlich.
Artur überlegt.
Soll er sie heute schon fragen?
Oder lieber noch einen Tag warten?
Morgen ist das Schulfest.
Dabei ergibt sich vielleicht
eine bessere Gelegenheit.
Vielleicht aber auch nicht.

Artur stellt sich vor, wie er
neben Sarah im dunklen Kinosaal sitzt.
Über die Leinwand toben
„Die Megagroben Karatekicker“.
Artur beruhigt Sarah,
wenn es sehr aufregend wird.
Zwischendurch essen sie Popcorn.

1. Fall: Wer tobt über Arturs Kinoleinwand?

die Megra-
groben Karate-
kicker

Neben Sarah steht wie immer ihre
Schultasche mit den Pferdebildern.
Auf dem Pult liegen
ihre Schreib- und Rechenhefte.
Allesamt mit Pferdebildern.
Auf dem Malblock: ein Pferdebild.
Auf der Dose mit dem Pausenbrot:
ein Pferdebild.

die Mega-
groben Karao-
kicker

die Mega-
groben Karate-
kicker

In der nächsten kleinen Pause rennen
alle Kinder aus dem Klassenraum.
Sarah bleibt sitzen und malt.
Das ist Arturs Chance.
Er schlendert hinüber.
Sarah malt ein Pferd.
Sie schaut hoch. „Was gibts?“

„Ich …“, sagt Artur. „… wollte
nur … sagen, dass ich – ähm dich …“
„Ja?“ Sarah lächelt.
Artur verlässt der Mut.
Trotz Lächeln. Oder gerade deshalb.
„Ich wollte sagen, dass ich …
Pferde! Genau, dass ich Pferde
ganz schön …“
„Ganz schön was?“
„… doof finde“,
hört Artur sich sagen.

„Aber sie sind nicht so doof
wie Jungs“, erwidert Sarah ohne Lächeln.
„Wie konnte ich es nur vergessen“,
denkt Artur.
Wovor muss man sich immer hüten?
Vor Mädchen und vor Pferden!
Zu Hause verfasst Artur eine Liste.
Damit er es nicht noch einmal vergisst.
Er heftet sie über sein Bett.

Arturs Schlimmer-Mädchenkram-Liste:

– die Farbe Rosa
  (besonders bei Pferdemähnen)
– Glitzerkleidung
  (besonders mit Pferdemotiven)
– Puppen
  (besonders Barbiepuppen auf Pferden)
– Pferde (besonders solche mit Namen
  wie Wirbelwind oder Valentino)

Beim Fest am nächsten Tag
beachtet Artur Sarah nicht.
Trotzdem ist alles schön.
Die Kinder, Lehrer und Eltern
machen jede Menge Spiele.
Es gibt Saft, Kuchen und Waffeln.
Alle können Lose für
eine Tombola ziehen. Die Preise
sind auf einem Tisch aufgebaut.
Spielzeug, Bücher,
sogar ein Fußball ist dabei.
Zwei kleine Holzpferde
haben einen besonderen Platz.

„Wir sind da", sagt Arturs Mama
und biegt auf einen Parkplatz ein.
Daneben befinden sich eine Wiese
und ein großes Stallgebäude.
Auf der Wiese grast eine Gruppe Pferde.
Ein paar heben die Köpfe
und stellen die Ohren auf.
Artur und seine Mutter gehen
ganz nah an ihnen vorbei.
Mann, sind die groß!
Kolosse auf Hufen.

sehr gefährlich.

sehr verfressen.

Am Hofeingang
wartet eine Frau in Reitstiefeln.
„Du bist bestimmt Artur.
Herzlich willkommen! Ich heiße Agnes.
Ich werde mich heute um euch kümmern.“
Agnes nimmt Artur in Empfang, und
schon fährt die Mutter wieder davon.
„Um euch“, hat Agnes gesagt.
Artur schaut sich verstohlen um.
Ob Sarah schon da ist?
Er spürt einen Schmerz am Unterarm.
Wah! Eine fette Pferdebremse!
Artur springt vor Schreck zurück.
Aber das nützt gar nichts.
Da haut er sich selbst auf den Arm,
dass es laut klatscht.

„Keine Panik, die beißen nicht“, sagt eine Stimme hinter ihm. „Die stechen nur.“ Sarah kichert und Artur betrachtet verdrießlich den roten Fladen auf seiner Haut. „Am besten, du beachtest den Stich gar nicht“, sagt Agnes. „Der verschwindet schnell wieder. Hast du schon einmal auf einem Pferd gesessen?“ Artur schüttelt den Kopf.

3. Fall: Was ist richtig?
Wie Fliegen haben auch Pferdebremsen

4 Beine.

„Ich schon“, sagt Sarah. „Ich kann auch allein aufsitzen.“

„Kann ich auch“, sagt Artur.

Agnes grinst. „Ich darf es dir aber trotzdem noch einmal zeigen, oder?“

Gemeinsam holen sie zwei Sättel aus dem Stallgebäude. Sarah trägt den einen, Artur den anderen.

6 Beine.

8 Beine.

Ein spezieller Geruch
steigt ihm in die Nase. Der Sattel
riecht nach Leder und nach Bauernhof.
Arturs Herz schlägt schneller.
An einer Koppel recken ihnen zwei
Shetlandponys die Köpfe entgegen.

„Die gehören zu den kleinsten Pferden, die es gibt“, sagt Sarah.
Dafür findet Artur sie ziemlich groß.
„Die beiden sind vollkommen gutmütig“, sagt Agnes.
„Sie heißen übrigens Wirbelwind und Valentino.“

Agnes, Artur und Sarah
betreten die Koppel. Die Ponys
kommen ihnen schnuppernd entgegen.
Agnes holt zwei Äpfel aus der Tasche.
„Gebt ihr sie ihnen?“
„Einfach auf der flachen Hand
hinhalten“, sagt Sarah.

„Weiß ich selbst“, erwidert Artur.
Doch kaum hat er den Apfel,
wird er angerempelt.
„Uff!“ Artur japst auf.
Der Apfel landet auf dem Boden.
Ein großes Maul beugt sich danach
und beißt krachend hinein.

„Gierschlund!“
Agnes schaut Artur entschuldigend an.
„Valentino ist ganz wild auf Äpfel.“
Die Reitlehrerin streicht dem Pony
über die Nüstern. „Sei bitte
etwas höflicher zu unserem Gast.“
Valentino schnaubt und mampft.

4. Fall: Was nennt man „Nüstern“?

die Nasenlöcher des Pferdes

Agnes zeigt den Kindern,
wie man ein Pony sattelt.
Schon tritt Sarah in den Steigbügel und
schwingt sich auf Wirbelwinds Rücken.
Einfach so.
„Brav“, sagt sie zufrieden.

die Augenbrauen des Pferdes

das Maul des Pferdes

„Brav“, sagt auch Artur,
als er aufsteigen will. Aber
Valentino tritt plötzlich zur Seite.
Artur stolpert ins Leere und
landet auf allen vieren wie ein Käfer.
„Bleibst du wohl stehen, Racker!“,
schimpft Agnes. „Alles okay, Artur?“
Artur nickt und schaut missmutig
zu Sarah hinüber.
Er erwartet ein Kichern.
Aber es kommt nicht.

Kurz darauf sitzt er auf Valentino.
Gemächlich schreiten die beiden Ponys nebeneinander über die Koppel.
Agnes geht zwischen ihnen und hält die Zügel.
„Macht Spaß, oder?“, fragt Sarah.
Artur nickt. Er spürt den Rhythmus der Hufe und schaukelt sanft hin und her.
„Könnte man sich glatt dran gewöhnen“, denkt er.

Nach der Reitstunde kommt die Pflege.
Agnes zeigt den Kindern, wie man
mit Striegel und Kardätsche umgeht,
und sogar, wie man Hufe auskratzt.
Artur bürstet Valentinos Mähne
so lange, bis sein Pony noch besser
frisiert ist als Wirbelwind.
„Jetzt bist du fit für die Disco“,
sagt Artur und
Valentino schnaubt zufrieden.
Den nächsten Apfel frisst er
direkt aus Arturs Hand.

5. Fall: Was stimmt?
In die Stirn gekämmte
Haare heißen

das Pony.

Beim Mittagessen sagt Sarah:
„Pferde sind ganz schön doof, oder?“
„Ziemlich.“ Artur rollt die Augen
und bläht seine Nasenlöcher auf
wie ein verrücktes Pferd.
Schmatzend verschlingt er seine Nudeln
wie Valentino seinen Apfel.

der Pony.

die Pony.

Am Nachmittag machen Sarah und Artur
die Kutschfahrt. Eine Weile
halten sie die Zügel gemeinsam.
Artur schließt die Augen. Seltsam.
Die Welt kommt ihm rosa vor.
Die Sonne glitzert am Himmel
wie ein vergoldeter Mädchenpullover.
Das Rumpeln der Räder und das Klappern
der Hufe klingt wie süße Musik.

Danach geht der Pferdetag zu Ende.
Zum Abschied drückt Sarah Artur
einen Zettel in die Hand.
Dann rennt sie zum Auto ihres Vaters
und schon ist sie weg.

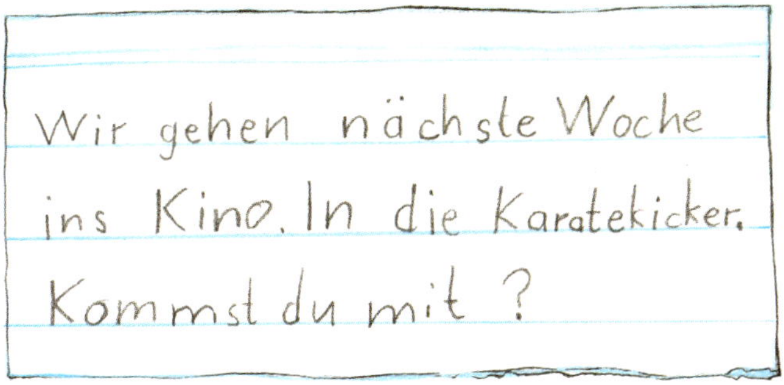
Wir gehen nächste Woche
ins Kino. In die Karatekicker.
Kommst du mit?

„Ja!!" Artur reißt die Arme hoch.
Wirbelwind und Valentino heben
auf der Koppel die Köpfe und wiehern.
Es klingt fast wie Lachen.

Was sagst du dazu?

**Fällt dir auch eine Mädchenkram-Liste ein?
Und eine mit Jungenkram?**

Schreibe deine Liste auf und schicke sie uns!
Als Dankeschön verlosen wir unter den Einsendern zweimal jährlich tolle Buchpreise aus unserem aktuellen Programm!
Eine Auswahl der Einsendungen veröffentlichen wir außerdem unter www.lesedetektive.de.

Duden-Lesedetektive: Leseförderung mit System

1. Klasse • 32 Seiten, gebunden

- Finn und Lili auf dem Bauernhof • ISBN 978-3-411-70782-9
- Nuri und die Ziegenfüße • ISBN 978-3-411-70785-0
- Eine unheimliche Nacht • ISBN 978-3-411-70788-1
- Franzi und das falsche Pferd • ISBN 978-3-411-70790-4
- Ein ganz besonderer Ferientag • ISBN 978-3-411-70795-9
- Das gefundene Geld • ISBN 978-3-411-70799-7
- Amelie lernt hexen • ISBN 978-3-411-70804-8
- Das Picknick im Wald • ISBN 978-3-411-70809-3
- Die Schildkröte im Klassenzimmer • ISBN 978-3-411-70814-7
- Ein Bär reißt aus • ISBN 978-3-411-70815-4

2. Klasse • 32 Seiten, gebunden

- Die Prinzessin im Supermarkt • ISBN 978-3-411-70786-7
- Auf der Suche nach dem verschwundenen Hund • ISBN 978-3-411-70783-6
- Emil und der neue Tacho • ISBN 978-3-411-70789-8
- Sarah und der Findekompass • ISBN 978-3-411-70792-8
- Ein bester Freund mal zwei • ISBN 978-3-411-70796-6
- Eine Sommernacht im Zelt • ISBN 978-3-411-70800-0
- Das Gespenst aus der Kiste • ISBN 978-3-411-70805-5
- Ein blinder Passagier • ISBN 978-3-411-70807-9
- Svenja will ein Junge sein • ISBN 978-3-411-70810-9
- Ein Tag auf dem Pferdehof • ISBN 978-3-411-70816-1
- Lilli und die Riesenkrake • ISBN 978-3-411-70817-8

3. Klasse • 48 Seiten, gebunden

- Anne und der geheimnisvolle Schlüssel • ISBN 978-3-411-70787-4
- Eins zu null für Leon • ISBN 978-3-411-70784-3
- Viktor und die Fußball-Dinos • ISBN 978-3-411-70793-5
- Nelly, die Piratentochter • ISBN 978-3-411-70797-3
- Herr von Blech zieht ein • ISBN 978-3-411-70802-4
- Prinz Winz aus dem All • ISBN 978-3-411-70806-2
- Herr von Blech geht zur Schule • ISBN 978-3-411-70812-3
- Nelly und der Piratenschatz • ISBN 978-3-411-70818-5

4. Klasse • 48 Seiten, gebunden

- Der Geist aus dem Würstchenglas • ISBN 978-3-411-70794-2
- Der schlechteste Ritter der Welt • ISBN 978-3-411-70798-0
- Kira und die Hexenschuhe • ISBN 978-3-411-70803-1
- Die Inselschüler – Gefahr im Watt • ISBN 978-3-411-70808-6
- Betreten verboten! • ISBN 978-3-411-70813-0
- Zwei Jungs und eine Zicke • ISBN 978-3-411-70819-2

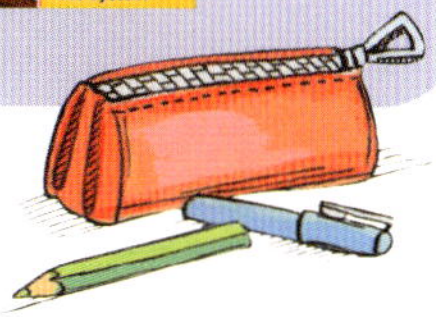

Ihre Meinung ist uns wichtig! Wie gefällt Ihnen dieses Buch?
Wir freuen uns auf Ihre Rückmeldung unter **www.duden.de/meinung**

Gefunden!
Knote den Streifen einfach
an das Lesebändchen an
und fertig ist deine Fingerabdruckkartei
für die Detektivfälle!
Für jeden Fall im Buch gibt es einen
Fingerabdruck in deiner Kartei. Diesen
Abdruck findest du bei der richtigen
Antwort im Buch wieder.